LES BIENFAITS DU ROI, OU LA FRANCE RÉCONNOISSANTE.

On trouve chez le Sieur PRAULT, *Imprimeur du Roi, Quai des Augustins, à l'Immortalité, l'ouvrage intitulé :* Discours sur les Langues en général, & sur la Langue Françoise en particulier, *in*-8°. *broché*, 1 liv. 10 sols. *Les Papiers publics, & notamment le Journal de Paris du 18 Février dernier, ont porté un jugement très-avantageux de cet ouvrage.*

LES BIENFAITS DU ROI,

OU

LA FRANCE RECONNOISSANTE,

HYMNE

EN L'HONNEUR DE LOUIS XVI.

Louis par ſes bienfaits ſignale ſa puiſſance;
Ma voix en les chantant eſt l'écho de la France.

A PARIS,
Chez Prault, Imprimeur du Roi, Quai des Auguſtins, à l'Immortalité.

M. DCC. LXXXI.

LES BIENFAITS DU ROI,

HYMNE

EN L'HONNEUR DE LOUIS XVI.

PEUPLES alliés de la France, Nations ennemies de l'Etat, & vous tous habitans de la terre, écoutez, respectez, admirez; je vais chanter les vertus de LOUIS !

HEUREUSE sous tes loix, ô LOUIS ! la France retentit de tes louanges ! En te faisant adorer comme Pere, sur le trône des Rois, tu te mets au-dessus de l'encens des Dieux.

TU régnois à peine, qu'en style attendrissant tu imploras le secours du Mentor du siecle. Minerve parut, te couvrit de son égide, & depuis ce tems tu ne présides au Conseil qu'environné de Sages.

Lettre du Roi à M. de Maurepas.

Écrit du mois de Mai 1774.

Edit qui remit le joyeux Avenement.

Mai 1774.

TON premier décret fut un acte de bienfaiſance. Nous ne pouvions aſſez payer ton heureux avénement au Trône, tu nous en diſpenſas, mais tes expreſſions paternelles convertirent ce tribut en larmes de reconnoiſſance.

Lit de Juſtice & Diſcours du Roi, qui rétablit le Parlement.

Ed. de Nov. 1774

A ta voix Thémis exilée rentra dans ſon temple. Inſtruits par ta bouche, ſes Miniſtres ſacrés devinrent auſſi nos Dieux tutelaires.

Liberté du commerce des grains.

Arrêt du Conſeil du 13 Sept. 1774.

SENSIBLE aux beſoins de tes Sujets, ou plûtôt de tes Enfans, en dépit des concuſſionnaires, qui dans des coupes d'or s'abreuvoient de leur ſang, tu ſus leur aſſurer à jamais le premier des aliments.

Suppreſſion de droits féodaux.

Edit du mois d'Août 1779.

LE François, né pour être libre, fut affranchi par tes mains des derniers liens d'une antique ſervitude ; ſon front n'a plus à rougir de s'humilier devant des Maîtres impérieux. Tout eſt libre ſous ton Empire, tu ne captives que les cœurs.

Suppreſſion des corvées.

Edit de Fév. 1776.

D'UNE ſuite de ſiecles tu répares l'injuſtice : graces à ton équité le Cultivateur, ce premier des Artiſans, jouit de ſes droits ; tu lui rends la liberté due au noble aſſocié de la Nature. On ne l'arrachera plus à la tâche journaliere qu'il s'eſt impoſée, & qu'il remplit gaiement pour fournir aux beſoins de ſa famille & de tes Peuples. Il n'aura plus la honte d'être traîné en eſclave aux travaux publics, mais il attachera de la gloire à y envoyer à ſes frais des mercenaires, à qui il communiquera ſon courage patriotique : ô LOUIS, tu répands le bonheur, & tu ennoblis les âmes !

ENNEMI du luxe, & brillant de ta ſeule gloire, chez toi tu réformas le faſte impoſant des Cours. Graces à ton économie, l'amour de tes Sujets eſt la plus forte garde qui veille aux barrieres de ton Louvre, & déſormais ton Palais deviendra auſſi acceſſible à tes Peuples, que ton cœur l'eſt aux vertus.

Réforme dans la Maiſon du Roi.

Edit d'Août 1780.

TA frugalité convertit les repas des Rois en banquets de Sages. Tu refuſes à tes ſens ce que tu crois devoir aux nôtres ; c'eſt le Pélican qui puiſe la vie de ſes petits dans les ſources de la ſienne.

Suppreſſion d'Officiers de la Bouche.

Réglement du 17 Août 1780.

SIMPLE au-dedans, mais magnifique au-dehors, tu couvres les mers de tes voiles. L'Anglois orgueilleux en fut le tyran, tu en ſeras le Libérateur.

PROTECTEUR des Peuples & des Rois, tu embraſſes la querelle de l'un & l'autre hémiſpheres, & tu défends les intérêts du commerce pour le bonheur du monde.

Juſte cauſe de la guerre préſente.

Expoſé des motifs de la conduite du Roi, relativement à l'Angleterre. 12 Juillet 1779.

TES Eſcadres, tes Capitaines & tes foudres redoutables, vont de nouveau couvrir & maîtriſer les mers ; l'Anglois les verra, & ſera confondu.

Idée juſte de notre Marine actuelle.

LOUIS terraſſe ſes ennemis, & ſoutient ſes Sujets. Riche de ſon propre crédit, malgré les armées qu'il ſoudoie, il enrichit encore & le Commerce & la Banque, par le nouveau Tréſor que leur ouvre au beſoin ſa munificence.

Etabliſſement de la Caiſſe d'Eſcompte.

Arrêt du Conſeil du 1er Janv. 1767.

INSATIABLE Avarice, odieuſe Uſure, de l'honneur d'obliger vous faisiez un honteux trafic. Des prêts insuffisans les intérêts exagérés empêchoient l'acquit. Vous osiez vous approprier les gages de l'honneur, & vous goûtiez une joie barbare, à vous enrichir des dernieres dépouilles des malheureux.

Etablissement du Mont de Piété.

Lettres Patentes du Roi, du 9 Décemb. 1777.

LOUIS indigné la confond, cette race proscrite. Il voit tout, pourvoit à tout, règle tout; sous lui tout rentre dans l'ordre; le riche secourt le pauvre, & fait son devoir. LOUIS ouvre exprès un asyle secourable aux malheureux, & cet asyle sera à jamais un monument consacré à sa bienfaisance, à sa *piété* paternelle.

GRAND ROI, tu t'attendris à la vue de ces lieux infects, triste réfuge de la misere & de l'opprobre, de la douleur & des maux, où des milliers de malades alités, de cadâvres vivans, l'un sur l'autre entassés, se communiquent entr'eux, & s'exhalent forcément le souffle contagieux du trépas. Ils venoient chercher la santé, ils invoquent la Mort.

Réglement des Hôpitaux.

Arrêt du Conseil du 17 Août 1777.

CE sont les plus pauvres, & peut-être les plus précieux des Citoyens, ton cœur le sent, & tes yeux le disent. Ton seul regard les soulage, & ta tendre libéralité leur rend les forces, la santé & la vie.

Réglement en faveur des Enfans Trouvés.

10 Janv. 1779.

JUSQUE sur les confins de ses États, l'œil de LOUIS veille sur ces enfans proscrits par leur naissance, que les bras des marâtres, ou les mains des mercenaires, abandonnent aux caprices du sort; il leur offre en tous lieux, dans des asyles assurés, la protection d'un grand Roi & les secours d'un bon Pere.

MAIS d'où naiſſent ces plaintes attendriſſantes, ces ſourds gémiſſemens? Sont-ce les ſoupiraux du Ténare qui les renvoient juſqu'à nous? Ces cris plaintifs ſaiſiſſent mes ſens & retentiſſent dans mon cœur.

JE marche à la voix de la douleur; je pénetre, à pas tremblans, dans des lieux obſcurs, où d'avides créanciers font gémir leurs impuiſſans débiteurs, ſur les mêmes lits de miſere où ſont attachés des ſcélérats. Je frémis à ce ſpectacle, & je ne puis concevoir les peines humiliantes que la barbarie de l'homme impoſe à l'homme.

L'ŒIL de LOUIS ne pourroit ſupporter ce triſte ſpectacle, l'image en eſt empreinte dans ſon cœur. A ſa voix les portes s'ouvrent, les grilles tombent, les murs s'écroulent, & ces lieux d'horreur & de miſere ſe changent en Hoſpices d'humanité.

Réforme des Priſons.

Déclaration du 30 Août 1780.

MONARQUE éclairé, digne d'un ſiecle philoſophique, il voudroit abroger certaines loix pénales, reſtes honteux de l'antique barbarie. Il voit, en frémiſſant, les ſuppôts de Thémis ordonner de ſang froid des tortures infernales ſous les noms odieux de queſtions préparatoires. Ce ſont, aux yeux du Sage, des embuches cruelles, dreſſées inutilement pour le crime avéré; ce ſont des piéges incidieux, tyranniquement tendus à l'innocence accuſée. Il dit: & déja le Miniſtre de ſa ſageſſe, organe de ſa loi, convertit les tortures en remords, & ne punit le coupable qu'en plaignant le malheureux.

Abolition de la queſtion préparatoire.

Déclaration du 24 Août 1780.

Réforme dans les Fermes.

Arrêt de Réglement du 9 Janvier 1780.

L'ORGUEILLEUX Parvenu, le ſordide Partiſan, ne mettra plus à l'enchere le droit cruel d'opprimer ſes ſemblables. Il n'inveſtira plus nos campagnes de ſatellites acharnés à ravager les foyers des plus pauvres Citoyens. Sous une nouvelle Régie, les droits du Prince, modérés par ſa bonté, deviendront des tributs volontaires, offerts par nos cœurs.

PEUPLES chéris, Enfans adoptés, tombez aux pieds du Miniſtre & du Prince. Ils vous rendent compte des biens de l'Etat, qu'ils calculent, qu'ils ménagent, qu'ils reſpectent comme le patrimoine des Peuples.

POUR tout Citoyen ce COMPTE RENDU (*a*) eſt un livre d'or ; tous les Peuples s'en diſputent la poſſeſſion, tous les ſiecles s'en preſcriront la lecture, & ſes lignes ſacrées ne pourront être effacées que par des larmes d'attendriſſement & de joie.

DANS ce monument précieux de la noble franchiſe, on voit NECKER à découvert ; chez nous il eſt Etranger & Patriote, Homme d'Etat & ami du Peuple.

L'ESPRIT de ce Miniſtre Immortel embraſſe tous les tems, & triomphe du ſort; il répare les malheurs paſſés; il aſſure un bonheur préſent; il prépare une félicité à venir. Ses ſucceſſeurs lui porteront envie; il ne leur laiſſe que des leçons à ſuivre, & des vertus à admirer.

(a) *Compte rendu au Roi par M. Necker, Directeur Général des Finances, au mois de Janvier 1781, imprimé par ordre de Sa Majeſté.*

IL trouve les trésors du Prince dans leur véritable source : l'amour des Peuples ; il veut publier ses opérations à chaque lustre françois ; ce sera pour nous des jours de fêtes, où nous verrons NECKER sacrifier aux trois divinités de son cœur, à la Patrie, au Souverain & à l'Honneur.

LOUIS, applaudissant à ses vertus, fait briller les siennes ; le calme de son ame le rend heureux ; il veut en Sage couronné faire votre félicité en épurant vos mœurs.

FRANÇOIS, Peuples généreux, la sordide passion du Jeu ruinoit vos familles, avilissoit vos âmes ; LOUIS l'apprend, LOUIS fait revivre les antiques loix qui la proscrivent. Quittez, quittez ces vains passe-tems, chantez ses louanges ; sous un tel Roi, c'est le premier des plaisirs.

Déclaration du Roi, contre les Jeux défendus.

1er Mars 1781.

LOUIS a renversé les profanes autels du démon de l'intérêt, & ses frénétiques énergumenes, enfans du Luxe & de la Mollesse, n'iront plus, la rage dans les yeux, & le désespoir sur les levres, y sacrifier leur fortune, leur honneur & leur vie.

DIGNES FRANÇOIS alors, ils serviront la Patrie, ils honoreront le siècle, ils cultiveront les Arts, & consacreront leurs trophées à la gloire de LOUIS. Les Amours voltigeront autour, & y traceront le nom d'ANTOINETTE, en les enlaçant de fleurs.

TOUT François est valeureux ; ennoblissez vos jeux ; apprenez à vaincre nos ennemis ; exercez-vous dans les champs de Mars; défiez-vous à la lutte, à la courſe; faites voler un courſier ſur l'arêne. Devenez les nourriſſons de Bellône, vous ſerez les émules de nos Princes.

L'AIR retentit de cris d'allégreſſe, la terre eſt jonchée de fleurs, LOUIS eſt rayonnant de gloire, elle réfléchit ſur ſa digne Épouſe, un ſeul acte atteſte leur tendre ſenſibilité aux yeux des Nations & des ſiècles.

LOIN de moi tout ſtyle emphatique, langage de la flatterie ou de l'impoſture; le ſimple récit du fait ſuffit pour conſacrer à jamais la mémoire du jour (*a*), du ſiècle & du Prince.

LE Palais de notre Roi eſt le temple de la Bienfaiſance, chacun y court comme au ſéjour de la félicité; chacun en revient content, & s'écrie : *J'ai vu mon Roi! j'ai vu mon Pere!*

UNE foule de Citoyens, jaloux de juger par les traits de leur Maître de la ſanté de leur Bienfaiteur, attendoient hier qu'il paſsât pour aller rendre ſon hommage journalier au Roi des Rois, au Souverain de l'Univers.

MAIS qui peut détourner les regards? qui peut captiver l'attention? qui peut faire fendre la preſſe? Le ſpectacle le plus touchant pour l'humanité! le plus intéreſſant pour LOUIS!

(a) *Le 20 Février 1781..........*

TRENTE parens consternés s'avancent à pas lents. Les hommes ont l'œil morne, la tête baissée; les femmes sont pâles, abattues, échevelées; les enfans fondent en larmes & s'épuisent en cris; tous, les mains jointes & les genoux tremblans, tombent aux pieds du Roi, &, la voix entrecoupée de sanglots, demandent grace pour un malheureux.

CONSOLEZ-VOUS, famille désolée; LOUIS est Roi, LOUIS est Pere, LOUIS est homme; c'est un Bourbon; il mêle ses pleurs aux vôtres, & la grace que vous demandez est dans son cœur.

MAIS LOUIS alloit au Temple adorer l'Éternel; il remet l'acte d'humanité après le culte religieux : vieillard infortuné, pere vertueux, tendre mere, famille intéressante, le Pere de la France est aussi le vôtre; il vous donne de l'espoir, & court embrasser les autels.

LA REINE paroît; au même instant l'air retentit des applaudissemens de ses Peuples, & des cris douloureux de cette famille. Maris, femmes, enfans, tous l'entourent, tous embrassent ses genoux. Son cœur en est déchiré, elle n'y peut tenir; elle rentre, & va seule dans le sein de son palais se dépouiller du titre de Reine, pour se livrer aux sentimens de Mere.

ELLE partage la douleur des malheureux, elle ne peut les laisser souffrir; elle reparoît. Elle ranime ses forces; elle court, d'un pas mal assuré, de l'une à l'autre mere; elle veut proférer quelques paroles consolantes, mais la voix expire sur ses levres, & l'on verroit son visage inondé de larmes, ſi ſon mouchoir n'en couvroit la ſource, & ſi la piété, qui la preſſe d'aller au lieu ſaint, ne la déroboit elle-même à nos regards.

SANCTIFIÉE par le motif qui l'anime, par le Dieu qu'elle invoque, elle ſort du Temple, la tête rayonnante de l'auréole ſacrée. Elle vole à la mere du malheureux, lui tend la main, la releve, ſoupire, & lui annonce la grace deſirée.

ANTOINETTE, aux titres ſacrés de Fille de THÉRESE, d'Epouſe de LOUIS, de premiere Reine du monde, ajoute encore le nom reſpectable de Mere des malheureux.

LA ſympathie unit les ames vertueuſes, celles des deux Époux, en même tems éprouvent les mêmes affections de pitié, s'occupent du même acte de bienfaiſance; ANTOINETTE le deſire, LOUIS le veut, & déja la grace eſt accordée.

HEUREUSE ſympathie! quelle eſt ton influence! On diroit que MADAME, cette Grace naiſſante, t'éprouve dès l'âge le plus tendre, & que tranſportée de joie, elle treſſaille au berceau, du bienfait de ſes Peres.

A l'inſtant où l'on obtient la vie d'un fils, on eſt près de perdre la ſienne. L'ame de ſes Peres alloit expirer de douleur, ſoudain elle s'évanouit de joie; LOUIS l'apprend, & LOUIS, LOUIS même ne peut retenir ſes larmes.

AU-DELA du trépas, les Héros s'intéressent encore à la gloire de leur race. Dans le sein du Très-Haut, THÉRESE & HENRI éprouvent de la satisfaction du bienfait de nos Maîtres; ils applaudissent à leurs propres vertus, en louant celles de leurs dignes Rejettons.

L'ENNEMI des Anglois devient leur Héros; LOUIS, ce jeune Monarque, est le seul modele qu'ils proposent à leur Prince expérimenté. Leur Sénat retentit de l'éloge de LOUIS. La Renommée le répete à tout l'Univers, & le consacre dans les fastes de l'Histoire (*a*) pour l'honneur de la France, & pour l'instruction des Rois.

FIN.

(a) *Voyez le Bill du sieur Robert à l'article de Londres, dans la Gazette du 27 Février 1781.*

Lû & approuvé ce 20 Mars 1781. DE SAUVIGNY.

Vû l'Approbation, permis d'imprimer ce 23 Mars 1781, LE NOIR.

www.ingramcontent.com/pod-product-compliance
Ingram Content Group UK Ltd.
Pitfield, Milton Keynes, MK11 3LW, UK
UKHW021041200726
13857UKWH00005B/1856

9 782011 940926